LAS ESMERALDAS

Joaquín Dicenta

CAPÍTULO I

Tres salones del palacio ducal apenas bastaban al acomodo de la «canastilla» y de los regalos con que obsequiaron a la novia sus parientes y amigos. Entre los regalos sobresalía un aderezo de esmeraldas, ofrenda del duque de Neblijar, futuro esposo de Leonor Pérez de Carmona.

Engarzaban las piedras en la más pura filigrana que pulieron árabes y judíos.

Uníanse unos engarces a otros por cadenillas microscópicas, y era cada engarce un prodigio de calados y geométricas figuras. Las esmeraldas, limpias, carnosas, relucían como ojos de mujer. Rodeando la almohadilla del estuchón, aforrado en gamuza, relampagueaba un collar. Sus piedras, a partir de una esplendorosa, que descolgaba solitaria, disminuían, parejamente, hasta rematar en dos triangulares que formaban el broche.

Sobre el cojín, rodeado por el collar, triunfaba una diadema, en cuya fábrica el metal se iba sutilizando para volverse espuma; entre ella flotaba una esmeralda de ígneas transparencias, iguales a las de las olas al romper. En los ángulos del estuche se retorcían cuatro serpientes de oro; dos piedras llameaban en cada cual de las achatadas cabezas, remedando los ojos del reptil.

Galas últimas del joyero eran las arracadas; tallólas el artífice en disposición de caireles, para que, al rozar los cuellos femeninos, los cosquillearan con lascivos arpegios, tal que si fueran deditos prismáticos de gnomo.

De generación en generación se transmitían aquel aderezo los Neblijar. Luciéronlo sobre su piel las hembras de la estirpe, sin que ninguna osara cambiar los engarces y disposición de las piedras. Por mucho entró en sus respetos el orgullo. Acrecía, con la antigüedad, el mérito y valor de la alhaja; amén de esto, con ella se atestiguaba y se revivía la hazaña por que vino a poder de los duques.

Fué siglos atrás, a principios del XVI, cuando Alfonso, duque de Neblijar, navegaba, capitaneando una galera, en busca de los musulmanes piratas.

Era experto marino y temible guerreador el duque. Muchos barcos infieles echó a pique con la proa de su galera. Espanto ponía su nombre a los arraeces de Stambul y de Túnez.

Cierta noche, en que la galera ducal surcaba los africanos mares, a los reflejos de una luna que con el propio sol, por su claridad, competía, vieron los tripulantes desprenderse de los cantiles de la costa otra galera que, a velas desplegadas y a impulsos de favorable viento, enderezó su viaje hacia el buque cristiano.

-¡El pirata! -dijo uno de los cabos, en tanto corría otro en aviso del duque.

De un salto ganó éste los escalones de su cámara; de otro se halló sobre cubierta. Asunto breve fué disponer la galera para el encuentro.

Los marineros gatearon palos arriba, prontos a toda maniobra; apretaron los cautivos sus puños contra el mango del remo, poniendo ojos y oídos a los mandamientos del cómitre; previniéronse las bombardas; dieron los arcabuceros alimento a sus mechas; apercibiéronse los abordadores, hacha en puño y cuchillo en cinto; encordáronse ganchos y arpones, y el pendón real flotó a popa, mientras ascendía por el palo mayor una bandera azul, donde campeaba el escudo de los Neblijar.

-Como no me engañen mis ojos (y no es fácil que lo hagan cuando miran hacia la mar) -exclamó un marinero viejo-, esa galera es la de Ben-Alí, el pirata más cruel y más bravo que parieron los cubiles de Túnez.

-¿Ben-Alí, dices, marinero? -repuso el de Neblijar-. ¡Ojalá no te engañes! Desde que salimos de Cádiz, sólo un miedo me sacudía el alma: no toparme con ese tiburón, de que tanto alardea el Bey.

-Veremos -añadió- si pierde el tiburón los dientes al clavarlos en mi galera. Juro por mi Dios y mi Rey que antes del alba ese perro o yo tendremos de sepultura el mar.

-Cuéntase -añadió el marinero- que el pirata no es tunecino; indio es. Su padre, un mago de aquellas lejanías, arribó a las playas de Túnez, en fuga o por mandamiento del demonio; no está ello bien sabido. Lo cierto es que el Bey le nombró su visir, y que el hijo del mago crióse, tal que un príncipe, en el alcázar. Siguen contando que, cuando ya hombre, se hizo Ben-Alí para el mar, al gobierno de una galera, dióle el mago por amparadora y por guía a una diosa del país de los indios -la diosa del mal dicen que es- para que guardara al patrón, y en toda pelea contra olas u hombres le sacara triunfante. Añaden que la imagen es negra, y que su cuerpo, totalmente desnudo, está adornado con collares, ajorcas y arracadas de finísima pedrería. Ciñe su cabeza una corona de luceros, y sus ojos bullen en las órbitas como si fuesen vivos: cosa de encantamento. Un cautivo escapado de Túnez me refirió la historia, jurándome por Jesús, Cristo y Salvador nuestro, que, cuando Ben-Alí embistió al barco donde el cautivo navegaba, la diosa negra entró al abordaje, esgrimiendo un hacha, en cuyo filo las gotas de sangre se cuajaban como rubís.

-El miedo obscureció el magín al cautivo -interrumpió Neblijar-. A fe -prosiguió- que si hay tal diosa y usa joyas tan ricas, no será mal botín cuando apresemos la galera. Si es criatura demoníaca o de encantamento, con la cruz de mi espada sobra a destruir el encanto y mandar al diablo a su infierno: Y finen las consejas y vaya al aire, aunque no esté el infiel a tiro, el primer bombardazo. Sea esta pólvora la única nuestra que hoy se desperdicie.

Mientras sonaba el cañonazo, y su humo se perdía en la atmósfera, agregó el marinero:

-Más contó el cautivo: en el pedestal de la estatua -los ojos del cautivo leyeronla- hay esta arábiga inscripción: «¡Ay de quien ose a mí! En él o en los suyos, a través de los minutos que representa una hora, o de los siglos, que cuentan sus minutos por años, Kalí se vengará».

-Quemaré a la diosa cuando entre en la galera -interrumpió el duque-. Por lo que hace a sus esmeraldas, de joyel pondré una en mi sombrero, dejando las restantes para lujo de las mujeres de mi estirpe. Ahora cada cual a su puesto; yo al mío, y Dios y la mar con nosotros.

Con ellos fué después de recio y empeñado combate.

Al frente de los suyos entró al abordaje Neblijar en la tunecina galera. De cara embistió al arraez, que, cubierto de heridas y esgrimiendo un hacha, tinta en sangre hasta el regatón, fué al encuentro del duque. En torno de ambos jefes se acometían los más bravos.

Solo ya, entre un montón de muertos, Ben-Alí retrocedió despacio, dando rostro al duque y a los que junto a él peleaban. Dejando un cadáver en cada escalón de su cámara, llegó al centro de ella y se apoyó, para no caer, en el pedestal de una estatua que, tallada en ébano, presidía el recinto.

Era horrible su gesto.

Su boca, simulada por dos corales, mostraba, contrayéndose, el marfil de unos dientes agudos, prontos a desgarrar. Su mano izquierda avanzaba desafiadora, blandiendo un haz de víboras; crispábase la derecha en garfio sobre uno de los senos; hasta ellos descolgaba un collar de esmeraldas. Las arracadas caían temblantes desde unas orejas minúsculas; a piernas y brazos se ceñían las ajorcas de oro, rematadas por cabezas triangulares de reptil. La diadema era nido de sierpes: tales parecían, retorciéndose en espiral sobre ella, los rizos del pelo.

Los ojos de la estatua eran verdes. A la luz do una lámpara, ardiente bajo el techo, aquellos ojos fosforeaban espectrales.

Cuando el arraez, acorralado y desangrándose, se apoyó contra el pedestal, los ojos verdes centellearon, revolviéndose furiosos en la órbita.

El espectáculo hizo retroceder hasta a los más bravos compañeros del duque.

-Aunque el diablo mismo te ayude -gritó el prócer a Ben-Alí-, a golpe de mi hierro caerás.

-¡Guárdate del mío! -respondió el arraez.

Y volteando a todo brazo su hacha, la despidió contra Neblijar.

Ladeó éste el cuello para evitar el filo del arma que, en su viaje, le llevó media oreja, y, avanzando hacia su enemigo, le envainó la espada en el Pecho.

Cayó el arraez; quedaron inmóviles las pupilas de la diosa, falto ya de juego el resorte, que girar las hacía, y el moribundo, clavando las suyas en el duque, murmuró, con voz ahogada por la sangre:

-En ti o en los tuyos, ella se vengará.

Vueltos los ojos a Kalí expiró el arraez.

Al fondo del mar fué la estatua, juntamente con la tunecina galera. No así las alhajas, que, previos exorcismos y agua bendita, se convirtieron en galas de la casa ducal y en testimonio palpable de una famosa acción.

CAPÍTULO II

De labios de la duquesa viuda recogió Leonor la historia de las esmeraldas, cuando la anciana la entregó el aderezo, no como regalo, como atributo de la soberanía ducal, que, desde aquel instante, renunciaba en la esposa de su hijo.

-La tradición afirma -dijo la viuda a su nuera- que este aderezo es obra demoníaca; añade que, según promesa vengativa del arraez, algún día tomará Kalí, en un Neblijar, desquite del ultraje que otro Neblijar le infirió. Hasta el presente no se ha cumplido la amenaza. Bien es cierto que todas las Neblijar, ceñidoras de estas alhajas, han cumplido lealmente sus obligaciones de hijas, de esposas y de madres. De suerte que el demonio no tuvo por dónde clavarles las uñas. Tú has de imitar (si no las superas) a esas damas y, como hasta hoy, el demonio tradicional quedará con cuarta y media de narices. Luce, sin recelo, las joyas y honra la corona que, no ellas, tu virtud y el amor de mi Alfonso ponen sobre tu cabeza gentil.

Mejor atendía al brillo de las esmeraldas que al discurso la joven. No obstó ello para que rodeara con sus brazos el talle de la anciana y estampara sobre su frente un ósculo, más ruidoso que prieto.

-¡Gracias, señora! -dijo-. Nunca vi piedras que a éstas pudieran igualarse. ¡Qué bien hacen! -siguió colocando sobre sus cabellos la diadema y contemplándose al espejo-. Relumbran como estrellas. De noche, al reflejo de las luces eléctricas, han de ser maravilla.

-¿Por qué no probarlo ahora mismo? -monologó la joven, apenas despidió a la duquesa-. Pronto se cierran los balcones. En corriendo el cerrojo, no habrá quien sorprenda mi vanidad. ¡A ello! Voy a dejar corrida a la diosa negra del pirata.

Al evocar esta memoria, vínole antojo a Leonor de reproducir, frente a su espejo, la imagen de Kalí.

Tal y como lo pensó, lo hizo.

Corrió el cerrojo a la puerta del gabinete; amontonó frente al espejo unos cojines árabes; cerró las maderas del balcón; embrazó el aderezo, y entrando en su alcoba, comenzó a desnudarse a obscuras. A obscuras, también, se ciñó las alhajas.

Desde los cojines se alcanzaba a la llave de la eléctrica luz; a ellos subió Leonor de un salto; dió vuelta a la llave, y su imagen, totalmente desnuda, se reflejó contra el espejo.

Estatua de nogal parecía, con su carne morena, donde la luz proyectaba sombras áureas. Hermoso era su cuerpo, con la diadema de esmeraldas ceñida a las sienes; la garganta rodeada por el espléndido collar; los caireles descolgando por los remates de la oreja y los reptiles de oro, las culebrillas de ojos verdes, retorciéndose en espiral sobre la garganta de las piernas y las redondeces del brazo.

Bella era la criatura que reproducía el espejo. Tan bella como horrible la que se ofreció a Alfonso, duque de Neblijar, en la cámara del pirata.

Y, sin embargo, cuando Leonor evocando a Kalí tomó su actitud, cuando adelantó el brazo diestro y crispó el siniestro contra los pechos duros y desordenó sobre la diadema sus rizos y contrajo su boca para enseñar los dientes, y frunció el entrecejo para dar fiereza a sus ojos, algo había en ella de retador y demoníaco.

-¡Qué locura! -exclamó-. ¡Si me vieran!...

Saltó de los cojines, apagó las luces eléctricas y fué a tientas hacia su alcoba.

Un escalofrío erizaba su piel.

CAPÍTULO III

Celebróse la boda en la capilla del palacio ducal, y bendijo a los novios el patriarca de las Indias. Padrinos fueron la madre del novio y un infante de España; testigos los más altos personajes de la patria nobleza.

Acompañó el órgano la bendición patriarcal; sirvióse un espléndido lunch en el comedor: cambió Leonor, por uno de viaje, su atavío de novia; imitóla Alfonso, y, despedidos por invitados y parientes, ganaron un lujoso automóvil, haciendo camino a las posesiones que, inmediatas a Córdoba, pregonaban la riqueza del duque.

No quiso éste zarandear su nupcia por capitales extranjeras. Tiempo habría, más tarde, de recorrerlas todas y aun de ir mar adentro en un yacht, que, meciéndose sobre aguas gaditanas, aguardaba órdenes de su aristocrático armador.

Al presente, para desflorar sus amores, nada comparable a un vergel andaluz.

Sin estorbo de curiosos impertinentes, recorrerían senderos y alamedas; en las noches de luna, a su pálido resplandor; en las noches claras, al reflejo de las estrellas; en las obscuras, envueltos por la sombra, llevarían, como los ciegos, en el tacto los ojos.

Irían al bosque en las horas de sol para recogerlo, cernido por las hojas, y envolverse en las caricias de su luz. El bosque tiene camarines acolchados con rosas; en ellos, la hierba es tapiz y orquesta los pájaros.

Al caer la tarde navegarían por el río. Él bogaría lentamente; hablaríale ella con la voz o con las pupilas. Al llegar donde los prietos juncos son varitas de hada que a los amadores ocultan, se alzarían sobre los asientos del bote, cogidos por los talles, y recogerían en los frunces de un beso el adiós último del sol...

Así pensaba el duque, hombre de treinta años que había recorrido, en su carrera diplomática, las grandes ciudades del mundo, y, harto ya de vivirlas, iba indiferente por ellas, como va por un camino, sea éste cual fuere, quien a diario lo recorre.

Ello aparte, y también aparte el hondo afecto que le inspiraba Leonor, había en el duque, para poetizar sus amores con la soledad campesina, otra causa.

Con el noviazgo despertóse en Neblijar el alma recelosa de sus abuelos. Amaron aquellos varones, escondiendo a sus hembras del ajeno mirar, con suspicacias y hurañeces, donde se fundían el católico y mahometano que los antiguos duques llevaban disuelto en la sangre, como los llevaban todos los españoles de entonces y los llevan casi todos los de hoy.

Al igual de monjas en clausura, vivían antaño las esposas de los Neblijar, mientras ellos guerreaban con los infieles, ganaban imperios en América, acuchillaban protestantes en los Países Bajos, católicos en Roma y piratas en las aguas de Argel. Sin ser vistas de nadie, paseaban por sus jardines; tan sólo abrían sus balcones y asomaban a ellos para recibir a los duques cuando tornaban de la guerra, con la espada roja de sangre hasta la guarnición.

No cambiaba mucho, con el retorno de sus hombres, la existencia de estas mujeres. Ni aun para satisfacer vanidades gustaban de exhibirlas.

Por no hacer desacato al monarca, las llevaban a su palacio en los días de ceremonia; por no desacatar al cielo, permitíanlas acudir a la iglesia con el largo manto ceñido, la dueña a la vera y el rodrigón detrás.

Bien comprendía el duque actual que eran los tiempos otros. A ellos estaba dispuesto a acomodarse, sólo que lo más tarde posible.

Al presente, necesitaba disfrutar el cariño de Leonor teniendo a la Naturaleza por testigo único de su dicha.

¡La Naturaleza!... Leonor estaba harta de contemplarla.

Hasta dos años antes de su boda habitó en un pueblo andaluz, donde sus padres, aristócratas empobrecidos, se recluyeron para esconder su ruina y no malbaratar los restos de una hacienda que, si en el villorrio les permitía vivir con desahogo, en Madrid les hubiera traído a miserias, cuanto más ocultas más crueles.

Ahorrando, peseta a peseta, unos miles, habitaron quince años en el antipático lugarón los Pérez de Carmona. Tenía por objeto su ahorro pasar una larga temporada en la Corte cuando Leonor fuera moza; volver a codearse con las antiguas relaciones y buscar novio a la doncella, que desde niña era prodigio de hermosura y de gracia.

Perteneciendo los Pérez de Carmona a empingorotado linaje, y siendo portento de beldad su heredera, mala suerte habrían si no tropezaban en Madrid con novio de pura cepa y gran caudal.

No vieron los viejos defraudadas sus esperanzas.

Alfonso de Quirós fué presentado, en un baile de la Embajada inglesa, a la encantadora andaluza; quedó prendado de ella, y al año del conocimiento bendijo a los amantes el Patriarca de las Indias.

Aun siendo muy altas las aspiraciones matrimoniales que trajeron a Madrid los Pérez de Carmona, las sobrepujó el enlace de Leonor con Alfonso Neblijar. Arrancaba su árbol genealógico de la Reconquista; por sus venas corría sangre de héroes y de reyes; eran: su caudal, pingüe; su persona, gallarda; caballeroso su carácter; su entendimiento, claro.

Satisfechos estaban los padres con el marido que tocó a su hija en suerte; satisfecha ella, por lo que hace a prendas heráldicas, económicas, personales o intelectuales de su Alfonso. Lo que ni poco ni mucho le agradaba era pasar la luna de miel en el campo.

Desde los tres a diez y siete años residió en la campiña. ¿No sobraba con ellos? Claro que durante su estancia en Madrid disfrutó de cuantas diversiones puede ofrecer la Corte; pero, ¿qué significaba Madrid comparado con París, con Londres, con las grandes capitales del mundo? A más, de soltera no es posible vivir la vida de alta sociedad como las casadas la viven.

Sueño y esperanza fueron de su noviazgo los cuadros fastuosos que dibujaba con su imaginación, para hacerlos realidades cuando fuera, por matrimonio, duquesa de Neblijar; por la estirpe y caudal de su esposo, reina de la distinción y del lujo; reina de belleza en corte de beldades, por fuero natural.

Abriría los salones de su palacio a sus amigas y mataría de envidia a sus rivales; impondría la moda con sus tocados y sus trenes; deslumbrarla con sus esplendideces a las grandes damas d las extranjeras ciudades; recorrería los mares en su yacht, los caminos en su automóvil; triunfaría en los balnearios al llegar la estación veraniega. ¡El campo! Bueno estaba para una o dos semanas dedicadas a los placeres cinegéticos; pero de esto a convertirlo en residencia indefinida mediaba gran distancia: la que va de la diversión al aburrimiento.

Porque Leonor se aburría en aquella luna de miel aldeana.

-¡Y tan aldeana! -pensaba la duquesa-. Dando al confort de lado -añadía-, ¿en qué me diferencio de la hija del aperador del cortijo, que es recién casada también?

Discurriendo así no es extraño que, a los quince días de estancia en sus posesiones de Córdoba, se le saliera el aburrimiento por los ojos y se reflejara en todas sus palabras y acciones.

Alfonso no tardó en enterarse, y, a fuer de hombre avisado, puso al daño inmediato remedio. Malo es que el hastío de los lugares donde habita se adueñe de una hembra. De prólogo sirven tales hastíos a otros más difíciles de vencer.

-Después de todo -murmuraba el duque a sus solas- no es suya la culpa. Lo es de mi egoísmo. Pájaro con las alas rendidas, quise imponer quietud y aislamiento a otro pájaro recién salido del nidal. Necio anduve. Disfrute Leonor de su juventud y acompáñela yo en su triunfo. Al fin y a la postre para adorarse es bueno cualquier sitio.

Al día siguiente tomaron marido y mujer la carretera que conduce a la Corte. Al finalizar la semana estaban en París.

CAPÍTULO IV

Un año pasaron los duques recorriendo las grandes capitales de Europa. Durante él hicieron también una excursión a los Estados Unidos de América, a bordo del yacht que el duque capitaneaba como experto marino. No en balde descendía de aquel capitán que en los tiempos de Carlos V echó a pique la galera de Ben-Alí.

Admiración de todos fué la gentilísima duquesa durante sus viajes; encanto de todos, por su trato exquisito, el duque.

Al año de ausencia regresó a Madrid Leonor, instalándose definitivamente en su palacio, que, por orden de Alfonso, había sufrido todas las innovaciones y reparaciones necesarias a ser primera entre las viviendas de su índole.

Se inauguraron las fiestas en el histórico caserón con un baile que hizo época en la historia del madrileño lujo. Concurrieron al baile los más significados personajes, que en política, ciencias, artes, sangre y dinero decoraban la villa; y fué tal noche, para Leonor, de felicidad y de triunfos.

En ella le presentaron al conde de Nuévalos, apuesto mozo de veinticinco a veintiséis años, que traía con sus arrestos y locuras revolucionado al mundo elegante.

Tres o cuatro duelos, en que tuvo la suerte de matar o herir al adversario, le consagraban de valiente; unas cuantas hembras de fama, a sus pretensiones amorosas rendidas, de conquistador irresistible; posturas enormes en el juego, perdidas y ganadas sin pestañear; billetes arrojados, sin contarlos, de su cartera, para esta orgía para aquella aventura, proclamaban su esplendidez; el mejor sastre de Madrid, su elegancia; los más rebeldes potros, sus condiciones de centauro; matchs de esgrima y disparos certeros en cacerías y tiros de pistola, de esportista famoso, avalorado en crédito por excursiones locas, hechas a giro de automóvil y a aletazo de aeroplano. Un Don Juan, en fin, con todos los requisitos y menesteres propios a ostentar la herencia del legendario personaje.

Como él, tenía falta absoluta de conciencia y voluntad propia a cualesquier bellaquería, por grande que ella fuese.

Este rey de la galantería, del valor y la moda fué muy simpático a la duquesa de Noblijar. Por fuerza se lo había de ser, siendo ella reina en reinos afines.

Seguro de la impresión causada, y comprendiendo que tal dama constituía una gran presa, comenzó el galán a requerirla sabiamente de amores, poniendo al logro de la empresa toda su habilidad, su astucia y su práctica en mujeriegos lances.

Claro que a nadie, sino a ella, dejó traslucir sus pretensiones; aun con ella, fué cauto y parsimonioso en los ataques. Era primeriza y no convenía asustarla. Necesitaba dejar que madurase el fruto, sin perjuicio de ayudarle a caer.

El duque, comisionado por el Gobierno para una importante misión, que duraría cuatro o cinco meses, hubo de abandonar con gran prisa Madrid.

Fernando (así se llamaba el de Nuévalos), no transcurridos todavía dos meses de la ausencia del duque, obtuvo de Leonor la promesa de visitarle en cierta casita que, para este género de lances, había el Don Juan arrendado en calle, si extraviada, céntrica.

Dejando su automóvil a la puerta principal de un templo, que alza sus muros sobre hermosa y popular vía, escapó Leonor por la puerta falsa; hizo seña a un coche de punto, dióle las del sitio designado para la cita, y a él llegó, a poco rato, al trote cansino de un jamelgo.

Ocultando con el manguito el rostro, atravesó el portal, que muy al fondo, tras una escalerilla de cuatro peldaños, tenía el guardián cuchitril. Fué este alejamiento tomado muy en cuenta por el calavera inquilino. Así evitaban sus visitas ser fiscalizadas de cerca. La luz esclarecedora del portal era opaca. Bajo ella pasó Leonor en imagen confusa; subió a tropezones la escalera y llamó temblando a la puerta.

Abrió Nuévalos en persona.

Sin palabras, apretando con sus dos manos las trémulas de la duquesa, la condujo, por un corredor alfombrado y obscuro, hasta un gabinetito octógono, sobre cuyos balcones caían, ocultándolos, dos tapices.

Un tercer tapiz, copia del sensual Rubens, bajaba del techo en el fondo del gabinete. Éste, suave, misteriosamente alumbrado por una lámpara de cristal ambarino, tenía, a la izquierda, una mesita, donde humeaba la cafetera para el te, y descollaban dos tazas y un azucarero de Sèvres, una anforilla de oro y cuatro copas de bohemio cristal. Como ellas era el jarro del agua.

Varias sillas de ancho asiento y cómodo respaldo se apoyaban en las paredes; dos butacas sobresalían a un lado y otro de la mesa. Frente a ésta velase un diván, y a sus pies una piel de bisonte.

Hasta el diván condujo Fernando a Leonor. Dulcemente, la hizo sentar, mientras él, cayendo de rodillas, besaba los enguantados dedos de la bella.

-¡Gracias! -murmuró con tímido acento-. ¡Gracias, vida mía! Mi vida entera es nada para pagar este minuto.

Hubo una pausa. Durante ella, el galán quitó las agujas que sujetaban el sombrero a la cabeza de la dama; púsolo en una silla, e imprimiendo su boca en el hueco de los guantes, que dejaba la carne libre, fué desabrochándolos botón a botón.

-¡Qué locura! -suspiró la duquesa-. ¡Déjeme usted salir! -añadió, levantándose, en un arranque de pudor y de miedo.

-¡Irte! -repuso el conde, haciéndola sentar y rodeándola con sus brazos-. ¡No! ¡No te vas! ¡No te irás sin que antes me jures, me pruebes la verdad de tu amor, por y para el cual vivo desde la primera vez que puse en ti los ojos!

-¡Probártelo!... ¿Quieres mejor prueba que mi presencia aquí?

Y Leonor, atraída por Fernando, apoyó la cabeza en su hombro.

Fernando, oprimiendo la gentil cintura de la dama, besando la hermosa frente que sobre su pecho desfallecía, alzóse del diván con estudiada lentitud, casi teniendo a la joven suspendida en el aire.

De este modo, despacio, sin que se oyera el ruido de sus pies en la alfombra, cruzó el gabinete, y llegando junto al tapiz lo alzó sobre el grupo que él y la duquesa formaban.

Por bajo de sus pliegues pasaron, y de golpe cayó el tapiz, donde un amor aleteaba sobre un desnudo maravilloso de mujer.

CAPÍTULO V

El conde era un caballero de industria, arropado con una ejecutoria.

Derrochó prontamente en juego, galanteos y orgías la pingüe herencia que le transmitieron sus padres, e inútil para todo trabajo, incapaz de avenirse con la pobreza, acudía a las más ruines artimañas, a fin de sostener aparentemente su rango.

Ayudábanle al logro de la empresa su buena fortuna en el juego, el miedo que su bravura imponía a los acreedores, el señuelo de sus títulos nobiliarios, y, más que nada, la sugestión que ejercía sobre las hembras.

Fernando era maestro en rendirlas, en ponerlas a su merced; no tanto lo hacía por disfrutar de ellas, como por tenerlas propicias a sus explotaciones. De ahí que sus queridas fueran siempre damas adineradas.

En brazos de este hombre había caído Leonor. Y fué lo más malo para ella que la vanidad, de una parte; de otra, el dominio que sobre su carne ejercía el buen mozo, la esclavizaban a él. Hallaba en él lo que en su chulo las perdidas de baja condición: un lujo y un amo.

Más de una vez había acudido ya Nuévalos a la duquesa para salir de apuros. Al principio se los comunicaba indirectamente, en forma tal que, sin él demandarlo, ella acudiera a su remedio, por unas horas o unos días, los menester a que reuniera fondos el galán y reintegrase a su amada del anticipo.

Sólo así aceptaba Fernando esta clase de préstamos. Es de consignar que las tres o cuatro primeras veces devolvió pronto los anticipos que le hizo la duquesa, acompañándolos con regalos que, para no ser atribuidos a pago de intereses, apenas tenían valor.

Así obraba al principio. Después, seguro de que la Neblijar sentía hacia él invencible pasión, idéntica a la que sienten el alcohólico y el morfinómano por el veneno que les mata, suprimió las ficciones, presentándose tal como era.

-¿Me quieres para ti sola, por siempre, sin regateos de placer? Sostenme solo y siempre y sin regateos de dinero. Soy un amante caro, verdad: para eso eres rica. A nada te obligo; pero cuenta que, si no renuncias a mí, te has de obligar a todo.

Este fué el ultimátum, presentado, no escuetamente, en forma diplomática, al uso cortés de esas cancillerías que, cuando desbalijan a un pueblo, parece que le hacen un favor.

La duquesa se sometió. ¡Qué someterse! Le envanecía ser quien sostuviera la vida fastuosa del buen mozo; quien le acorriera en el pago de sus trampas de club, en sus angustias de prócer sin recursos, precisando de aparentarlos, para actuar de hombre a la moda, de rey de la varonía aristocrática.

Al cabo Neblijar, antes del matrimonio, reconoció a su esposa una renta vitalicia de diez mil duros, inscrita a su nombre en tal forma, que Leonor podía usufructuarla, sin rendir cuentas de ninguna índole legal. Dicho se está que, extralegalmente, nunca las exigió, ni las exigiría el duque.

Bien podía Leonor cercenar a sus padres, en beneficio de Fernando, la cuantiosa parte que de aquella renta percibían los viejos Pérez de Carmona, para darse en el lugarón andaluz humos de feudales señores.

-¡Que se aguanten! de sobra habían con las fincas que el duque les entregó desempeñadas o readquiridas. ¿Para qué necesitaban más? ¡Dos carcamales llenos de goteras, que el día menos pensado darían en el cementerio de golpe!... ¿No era mejor que los diez mil duros fueran a manos de su amante, del hombre a quien envidiaban todos los sportsman de Madrid y por quien se pirraban todas las damas del gran mundo?

¡Poco gozaba la duquesa cuando, en el paseo, en las carreras, en los teatros, en los bailes y recepciones, veía a su amante rigiendo el freno de soberbios caballos o el guía de magníficos automóviles; distinguiéndose entre los demás por la elegancia de sus ropas, por el buen gusto y riqueza de sus alhajas, por la gallarda varonía de su actitud! ¿Qué satisfacción comparable a la de saber que todo aquel fausto provenía de ella, y que, por tal causa, el buen mozo, que era su dueño, era también su esclavo?

Nada le importaba, en trueque de estas satisfacciones, tener empeñada su renta personal, donde mordían tres o cuatro usureros; nada entramparse con modistos y mercaderes; nada acudir al viejo administrador de la casa en requerimiento de sumas, cuyo empleo no tenía racional justificación.

Y cuenta que algunas veces el atolladero fué mayúsculo, la responsabilidad grave.

Cuando los aprietos serios llegaban, sentíase más brava y orgullosa. Le ocurría lo que a los caballos de sangre al sentir sus flancos desgarrados por la espuela del jinete que los domina: espumeadores, sangrantes, más firmes bracean y yerguen el cuello y sacuden la crin.

Llegó una ocasión en que los usuales expedientes no bastaron a las exigencias del conde.

Según él, había que acudir, dentro de las veinticuatro horas, al pago de una deuda de juego, contraída la noche anterior en el club. ¡Floja era la deuda!... ¡Cincuenta mil duros cabales!... Precisaba satisfacerla en el plazo «de honor», so pena de verse inscripto en la tablilla de tramposos y ser expulsado del círculo. ¡La ruina, el desastre total, para decirlo pronto!

-¿Qué hacer? ¿Qué hacer? -exclamaba, con trágico acento, Leonor, mientras recorría, de uno a otro ángulo, el gabinete del galán.

-¡Horrible!... ¡Horrible!... -decía éste, dirigiendo al espacio miradas rencorosas.

-¡Hora maldita -continuaba- en que me arrimé a la mesa de bacarrat! Si no fuera tan perentorio el plazo, no habría temor alguno de mi parte. No me hubiese acercado a ti, contándote mi angustia, pidiéndote que me ayudaras, trayendo lágrimas a tus ojos, que sólo el deleite tiene derecho a humedecer.

-¡Fernando!...

-¡Soy muy desgraciado!... Quince días, no más quince días de plazo, y conflicto resuelto. Aunque en hipoteca, mis fincas valen el doble de la suma. Malo fuera no hallar prestamista que se llevara, como en saldo, por las doscientas cincuenta mil pesetas, esas fincas y otros valores que poseo. Veinticuatro horas no dejan tiempo a nada. ¡Horrible!... ¡Horrible!... -lo repito-. Es para coger un revólver...

-¡Calla! ¡No hables así! Hallaremos algún arbitrio que nos saque, del ahogo -sollozó la duquesa, sentándose frente a su amante-. ¡Sí pudiera yo reunir los cincuenta mil duros, como hacen falta de momento!... Mi renta personal está empeñada y requetempeñada. Además, esto requiere días. ¡Pedir los cincuenta mil duros al administrador de Alfonso!... No me los negaría pero ¿cómo justificar ante mi marido la inversión de tal suma?... Claro que, reuniendo las mejores alhajas, podríamos obtener la cifra. Sólo que mis conocimientos tienen costumbre de verme con esas alhajas casi, casi a diario. ¿Qué pretexto para convencer de su desaparición a los murmuradores? ¡Así como así, no es nuestra gente suspicaz!

-Dices bien. Fuera dar margen a sospechas que nos pondrían en ridículo. Nuestros amores no son ningún secreto; quién menos, quién más los tiene descontados. Mi pérdida del club no es ningún secreto tampoco. Si coinciden el pago de mi deuda y la desaparición de tus alhajas, excuso decir que, tras perjudicarte, mi descrédito será igual. Si entre tus joyas hubiese alguna de gran precio, que lucieras sólo en los casos extraordinarios... A todo tirar, son dos meses lo que tardo en hacerme con fondos. Más tardará el duque en volver de su viaje a las tierras mahometanas. Casualidad sería que en esos dos meses necesitaras ostentar una joya de semejante condición. Si poseyeras una así...

-La poseo.

-¿Qué?

-Pero son alhajas hereditarias. Como si dijéramos, las alhajas de la Corona.

-¿Las esmeraldas del pirata?

-Las mismas; ya conoces su tradición.

-Y su mérito. Las llevabas puestas, noches después de conocernos, en la recepción de Palacio. Estuve muy cerca de ti entonces y tuve que enterarme del valor de las joyas. Descansaban sobre tu carne, yo no quité de ella los ojos. A no dudarlo, esas esmeraldas nos sacaban de apuros. Ahora, que ni puedo, ni debo imponerte sacrificio tamaño.

-¡Fernando!...

-La joya...

-¡Te quieres callar! ¡Es tu fama, acaso tu vida la que corre peligro!... ¿Dices que no transcurrirán dos meses sin qué te halles en condiciones de hacer frente a la situación?

-Lo aseguro.

-Entonces ¡empeñemos las alhajas de la Corona!

-¡Leonor!...

-Lo que necesitamos -dijo ésta, luego de una pausa, desasiéndose de los brazos de Nuévalos- es buscar un prestamista de gran discreción y de absoluta confianza.

-Descuida. Uno hay, hecho de encargo para este género de asuntos: don Agapito Regúlez. ¡El famoso, el multimillonario, el gordinflón don Agapito! Debes conocerle.

-¿Quién? ¡Yo!...

-No falta una tarde al paseo de coches. Le verás siempre, arrellanado en su «victoria», que arrastran dos caballos magníficos; con las gafas resbalando a lo largo de la nariz; el abdomen sobresaliente, como un globo; la mano izquierda, llena de sortijones, subiendo y bajando, desde el bigote, que retuerce, hasta los anteojos, que afianza. La mano diestra juega con los dijes de un cadenón...

-¡Ya sé de quién hablas!... ¡Repugnante animal! Es una invitación al vómito. Por cierto, que se permite hacerme el amor.

-¿A ti?

-Al menos, sus pupilas de buho quieren indicármelo, tras los cristales de las gafas. ¡Poco tengo reído de él!...

-Es nuestro hombre. Mudo como la esfinge. El mejor para el caso.

-Ahora mismo voy a mi casa por las esmeraldas. Vuelvo aquí con ellas y se las llevas al judío.

CAPÍTULO VI

Transcurrido iba un mes desde el empeño de las esmeraldas, y el conde no llevaba trazas de acudir, con sus propios recursos, a la solución del conflicto.

A creerle, sus asuntos estaban en vías fáciles de arreglo. Sólo faltaban algunos requisitos y trámites legales que no era posible acelerar: Certificaciones del Registro, escritos del notario, autorizaciones del juez... Los obstáculos curialescos de siempre.

Pero Leonor no debla sentir temores. ¡Cuando él lo afirmaba!... ¡Pronto se verían libres del usurero! ¡Pronto volvería el aderezo a la arquilla tradicional, donde campaba, sobre repujados primorosos, el escudo de los Neblijar!

Pasaron los días, y con los días, las semanas, sin hacerse realidades las promesas de Nuévalos. En cambio, Leonor, veía todas las tardes a don Agapito en la Castellana y el Retiro. También solía verle en el teatro, cosa que antes no ocurrió nunca.

¡Y que no era atrevido el hombre! En el paseo se la comía con sus redondos y amarillos ojos de búho. En el teatro clavaba los gemelos en ella insistente, insolentemente, haciéndole salir los colores al rostro. Hasta una vez, durante el breve tiempo que, obligado por una detención de la fila, se detuvo, junto al del prestamista, el carruaje de la aristócrata, se atrevió el gordinflón a dirigirle la palabra.

-Acaso algún día -murmuró-, pueda ser a usted útil. Si llega el momento, no dude en acudir a mí. Por usted, hermosísima Leonor, soy capaz de todo. No lo olvide.

Gracias a que la fila siguió su interrumpida marcha, no hizo añicos su sombrilla la dama en las narices del sujeto.

CAPÍTULO VII

Cuando refirió lo ocurrido a Fernando, éste se puso hecho una furia.

-¡Miren el canalla!... Si no fuera porque los tenía entre sus uñas, pagara, más altos que él solía llevarlos, los intereses de su arresto. Afortunadamente, pronto quedaría rescatada la joya. Entonces saldarían todas las cuentas juntas. No le iba a dejar sano un hueso.

Una tras otra, fueronse dos semanas, y siguió intacto el esqueleto de D. Agapito; no, según Fernando, por falta de ganas de rompérselo, porque un nuevo, imprevisto obstáculo, retrasaba la negociación de las fincas.

-En fin -decía Nuévalos-, ¡paciencia!, ¡un poquito más de paciencia! A seguida a librarnos de ese bandido y, tan a seguida, a romperle yo el alma.

Ni un momento, ni otro llegaron.

En cambio llegó una carta del duque de Neblijar, anunciando a su esposa el término feliz de las negociaciones que el Gobierno le confiara y, por consiguiente, su inmediato retorno a la Corte.

Como loca subió Leonor las escaleras de casa de su amante. A empujones le llevó hacia el interior del gabinete. Sin dar tiempo a preguntas, mesándose con ambas manos los cabellos, desplomándose contra el Galeoto diván, y golpeando con sus piececitos la piel de bisonte, repetía:

-¡Ahora eres tú, tú, quien tienes que salvarme!... ¡Alfonso viene! ¡Viene!... ¿Has oído? ¡Viene!... ¡Si sabe, si sospecha, no más que sospechar, estoy para siempre perdida!... ¡Sálvame, por Dios, sálvame!...

El conde cogió con sus manos las crispadas de Leonor, la atrajo dulcemente y, con amoroso ademán, con palabras, que dichas bajo eran más persuasivas, murmuró, cosquilleando con los pelos de su bigote la oreja de la hermosa:

-¡Vamos!... ¡Ten calma, criatura! ¡Domina los nervios!... No es la situación tan desesperada. Decir que ese hombre viene, no es decir que ha venido. Anuncia su vuelta. Del anuncio al arribo, siempre cuatro o cinco días transcurren. Durante ellos, mucho se puede hacer. Los imposibles haré yo. ¡Imagina! ¡Ea, desfrunce el entrecejo, sécate los ojos y hablemos razonablemente! ¿No tienes confianza en mí?

-La pregunta sobra.

-Entonces estudiemos con tranquilidad el conflicto. Tenemos cuatro o seis días por delante. De todas suertes, su llegada no nos cogerá de sorpresa. Un cablegrama ha de preceder a su viaje, anunciándolo. En el viaje se emplean cincuenta horas. Si antes, según espero, no está solucionado todo, se resolverá primero que esas horas terminen.

-¿Lo crees?

-Lo afirmo. Y suponiendo que llegara Noblijar, y el aderezo, por cualquier razón impensada, no estuviera en tus manos, es de suponer que tu esposo no registrará tu guardajoyas a seguida que desocupe las maletas.

-Nunca lo hizo; nunca me dirigió preguntas que con mis alhajas guardaran relación.

-¡Entonces!... Vete descuidada. En último término, siempre quedaría un recurso.

-¿Cuál?

-No nos será preciso. Huelga hablar de él, por consiguiente.

CAPÍTULO VIII

Con fuerte abrazo ciñó Neblijar a su esposa al apearse del vagón; tierno fué su diálogo en el automóvil que hasta el palacio les condujo; alegre su entrada en el hogar. Una sombra de tristeza puso en las pupilas del duque la ausencia de su madre, a quien una leve indisposición impedía abandonar su casa a horas tan mañaneras.

-¿Tiene importancia la indisposición de mamá? -preguntó a Leonor, Alfonso.

-Ninguna, absolutamente ninguna; achaques propios a sus años. Si otra cosa fuera, te lo hubiese escrito sin pérdida de tiempo.

Lo que no decía era que, a poco de marcharse el duque, cuando los amores de Leonor con Nuévalos comenzaron a hacerse públicos, la viuda de Neblijar fué regateando visitas a su nuera, hasta el punto de hacerlo tan sólo aquellas necesarias, las impuestas por el buen parecer.

-¡Chocheces! -pensaba Leonor-. Además, algo sabe, para ella solita se guardará el disgusto. No es de presumir que vaya a Alfonso con el cuento.

-En cuanto cambie de ropa, y me dé un baño -dijo el duque-, iré a ver a mi viejecita. ¿Me acompañarás?

-Con gusto grande, si lo quieres. Ahora que, aun siendo quien soy, preferirá ella abrazarte de solo a solo. En estas circunstancias, a una madre el aire le estorba.

-Como ordenes.

-¡Vamos -exclamó Alfonso, luego de la pausa, llena por el abrazo que hijo y madre se dieran-, vamos, madre mía, esa cara no habla de enfermedad!... Algo más pálida te encuentro; pero la salud sigue firme. Aprensiones sin fundamento han tenido culpa de que no nos abrazásemos en el andén. Deséchalas y te perdono, pero con una condición.

-¿Cuál?

-Que vengas a comer con nosotros.

-Hoy, no -repuso la anciana-. Otro día cualquiera, Alfonso.

-Y éste, ¿por qué no?

-Porque hoy debes comer sin testigos con ella. Después de una ausencia tan larga, tendréis mil cosas que contaros. No os quiero estorbar. Tiempo queda.

-¡Ya es empeño! Sois tú y Leonor los grandes, los únicos amores grandes de mi vida. El deber me aparta por largo tiempo de vosotras; en vosotras pienso no más, mientras dura la ausencia. Retorno, mis ojos buscan vuestras dos imágenes, reunidas, al largo del andén y no te hallan; primera decepción. Invito a mi esposa para que me acompañe a tu casa y, con la excusa de no estorbarnos la entrevista, me deja venir solo. Te ruego que nos acompañes esta noche, y tú también, con pretexto igual de no estorbarnos, desatiendes mi súplica. No sois razonables. Por motivos de delicadeza, que me atrevo a llamar excesiva, me robáis el placer inmenso con que he soñado meses: Unir, con un abrazo, tu cabeza y la de Leonor encima de mi pecho, para proclamarme, apretándoos fuerte contra él, el más dichoso de los hombres.

Por toda respuesta, la duquesa viuda cogió entro sus manos la cabeza de su hijo e imprimió en ella un beso.

-Quiere esto decir -murmuró Alfonso, pagando con otro el beso recibido-, que nos acompañarás esta noche.

-De noche no me deja el médico salir.

-¡Madre!...

-Otro día, de verdad, otro día.

-No es eso -interrumpió Neblijar-. Para tu negativa, hay otras razones que tú no quieres revelarme.

-Ninguna.

-Madre, tú no sabes mentir. Mírame cara a cara y júrame, por la memoria de mi padre, que no hay para tu negativa, causa distinta de la que has aducido.

Sin contestar, bajó la duquesa los ojos.

-¿Ves cómo la razón es otra? -dijo Alfonso palideciendo-. Algún disgusto, alguna de esas insignificantes contrariedades que las mujeres, aun las más buenas, aumentáis con vuestra suspicacia. ¿Ha tenido Leonor contigo desatenciones impensadas? ¿Tú, en arrebato disculpable, fuiste con ella injusta?

La anciana siguió sin responder.

-¿No hablas? -continuó Alfonso-. Entonces es más grave el motivo de tu retraimiento. Sea cual fuere, no dudes en decirlo -añadió-. Recuerda que entre los Neblijar, ni se miente, ni se esconde la verdad nunca. Cuando mis abuelos, en cumplimiento de deberes que les imponía su nombre, marchaban a jugarse la vida por su rey, por su Dios, por su patria, dejaban confiado a las mujeres de su estirpe el hogar, y con el hogar el sacratísimo depósito del honor de la raza. Esposas, hermanas y madres, todas lo conservaron íntegro. Todas no. Una sola vez, una sola, cierta dama enlazada a un Neblijar, profanó este depósito. Fué la madre del agraviado quien descubrió al esposo la infamia. La voz del honor familiar habló en ella más recio que pudiera hacerlo ninguna. Reverenciado es entre nosotros el nombre de esa mujer heroica.

-Alfonso...

-No sospecho que trances de honra provoquen tu actitud. Pero, si así fuera, recuerda que al lado de tus padres, del mío, aprendiste a poner la honra de tu casa por encima de todas las consideraciones, de todos los respetos, de todas las piedades. No retrocedas, pues, por duro, por inicuo, por vergonzoso que sea lo que hayas de decirme, habla. Yo, Alfonso, duque de Neblijar, lo mando.

Al decir esto, el prócer se puso con majestad en pie y, cruzando los brazos, interrogó imperativamente, con sus altaneras pupilas, a la anciana.

También ella se puso en pie. Con mano firme enjugó dos lágrimas que temblaban entre sus párpados. Después irguió el busto, frunció las cejas, en profunda meditación, y dijo, tras unos segundos de silencio solemne:

-Bien hablaste. Para los Neblijar, antes que nada es el honor; obligación primera, salvarlo o vengarlo. Oye.

El rostro de la duquesa viuda, de puro pálido, semejaba marfil; una decisión inquebrantable partía, con arruga honda, su entrecejo.

En aquel momento, desdibujada por la luz confusa del crepúsculo, con la toca de negro encaje ceñida a los cabellos blancos; las manos cruzándose sobre la túnica de luto; el busto enhiesto y el gesto de la boca inflexible, evocaba la anciana aquellas viudas de la vieja Castilla que, haciendo una religión del honor, aguardaban años y años a que el infante huérfano se convirtiera en hombre, para poner en su diestra una espada y gritarle:

-Quien nos ultrajó aun está vivo. Tu hora ha llegado. ¡Ve!

CAPÍTULO IX

-Cuando la suerte se empeña en contrariarle a uno, lo hace a maravilla.

Así habló a su esposa Neblijar al regresar a su palacio.

-¿Qué ocurre?

-Después de dar a mi madre un abrazo, he ido a presentarme al ministro, como era de rigor. Necesitaba rendirle cuenta, sin pérdida de tiempo, de la misión que por él me fué encomendada. El señor ministro de Estado so fué anoche de cacería al coto de los marqueses de Peñalba. Pero no olvidó con la diversión cazadora que yo llegaba hoy a Madrid, y que nuestro avistamiento era de toda urgencia. Su secretario particular, muy respetuosa y cortésmente, ha tenido la amabilidad de comunicarme que mi entrañable amigo el excelentísimo señor me aguarda esta noche en la finca de los Peñalba, donde, sin perjuicio de cobrar mañana cuantas piezas queramos, charlaremos de mi expedición y tomaremos los acuerdos a que mis noticias den margen.

-De suerte...

-Ya he dado orden para que preparen el auto. Dentro de media hora a volar por esas carreteras.

-¡Qué fastidio!

-Lo mismo pensé oyendo al señor secretario. ¡Qué remedio! El deber es un compañero imperioso. Hay que obedecerle aunque, como ahora, nos robe la felicidad.

-¿Volverás pronto?

-Dos o tres días, a lo sumo. Ea, voy a cambiar de ropa, mientras anuncian la comida y preparan el automóvil.

Al cabo de una hora salía de su palacio el duque, y su automóvil tomaba la dirección de la finca de los de Peñalba.

La tarde en que regresó el duque del coto de los señores de Peñalba tomaban el te Alfonso y Leonor en un gabinete decorado al uso del siglo XVI.

Presidía la estancia un soberbio lienzo de Tiziano, representando al famoso duque de Neblijar, que echó a pique la galera de Ben-Alí.

Guardaba gran semejanza el duque actual con su ascendiente.

Era idéntico el corte anguloso de la cara, virilizado por una aguileña nariz; iguales los ojos, de enérgico mirar; firme en uno y en otro el gesto de la boca. Hasta la barba, que los dos llevaban recortada en punta, hacía más fiel el parecido.

-El jueves -dijo Alfonso, dejando su taza sobre un veladorcito-, hay gran recepción en la embajada rusa.

-¿Sí?

-El nuevo ministro está resuelto a deslumbrarnos. No vale decir que la invitación para nosotros se redactó de las primeras. Aquí la tienes. La trajeron el mismo día en que fuí al monte de Peñalba. Con las prisas me olvidé de romper el sobre. En fin, nada hay perdido; queda tiempo para disponer lo necesario a fiesta tan famosa.

-¿Disponer? Ya sabes que esta clase de fiestas nunca me hallan desprevenida.

-Buena ocasión para que, como siempre, luzcas más que otra ninguna, por tu belleza y por tu lujo.

-¿Yo?

-Adelantándome a tu gusto, afirmo que esa noche eclipsarás las joyas de la princesa eslava con las esmeraldas del tunecino Ben-Alí.

-¿Qué?...

-Si crees que es preciso limpiarlas, llévalas a casa del joyero. Hasta pronto, querida. Voy a chismorrear dos o tres horas en el club.

Y el duque, rozando apenas con sus labios la cabellera de su esposa, dejó el gabinete.

CAPÍTULO X

Apenas vió Leonor atravesar el carruaje de Alfonso por la puerta de su palacio, se envolvió en un abrigo, y ganando las escaleras de servicio, se hizo conducir a casa de Nuévalos en un automóvil de alquiler.

Brevemente, como el caso lo requería, dió conocimiento a Fernando de la terrible situación. Había que salvarla en veinticuatro horas.

-En las mismas que yo te salvé a ti -dijo la duquesa a su amante.

-No tengo los cincuenta mil duros -repuso éste-, ni puedo hallarlos en el plazo que fijas; pero existe un medio infalible, si no de recuperar las alhajas, de tenerlas en tu poder el tiempo necesario para que el duque no sospeche.

-¿Cuál es ese medio?

-Recurrir a la generosidad de don Agapito.

-¿Cómo?...

-Tratándose de ti, no dirá que no. Cítale en cualquier sitio donde nadie pueda tropezar con vosotros. Él acudirá, estoy seguro. Le cuentas lo que ocurre, apelas a su caballerosidad, y hombre al agua.

-¿Olvidas que ese hombre tiene conmigo pretensiones?...

-No lo olvido; tengo en cuenta para el buen éxito esas pretensiones.

-Y me aconsejas...

-El único camino libre.

Todo el orgullo de su raza resucitó en Leonor momentáneamente. Crispados los puños, despectivo el gesto, despótico el mirar, avanzó hacia el conde, gritando:

-¡Eres un perfecto canalla!

-¡Canalla!... ¡Canalla!... ¡Todas las mujeres sois iguales!... Cuando está uno a punto de ahogarse no mira si es de un bandido o de un santo la mano que se extiende hacia él, ofreciendo la salvación. La moral y la dignidad son dos cosas muy relativas.

-¡Fernando!...

-Déjate de romanticismos! Cuando los hechos son, son. ¿A qué discutirlos o recusarlos? Yo no puedo reunir el dinero para desempeñar las maldecidas esmeraldas; tú no puedes reunirlo tampoco. El baile es el jueves. Si antes de esa fecha no está el aderezo en tu poder, tu honra, tu crédito, tu posición social y tu bienestar material, concluyen de un golpe. El duque de Neblijar no pertenece al número de los maridos que perdonan. ¿Quién puede evitar la catástrofe? Don Agapito. No hay más que él. Si hablo de recurrir a él, es porque no hay más que él.

-¿Olvidas lo que recurrir a él supone?

-No.

-¿Y eres tú, ¡tú!, quien me aconseja una entrevista con ese hombre?...

-¿Crees que aconsejártela no me desespera?... Pues, ¿qué? ¿Hago poco inmolando mi amor propio, mi pasión por ti, para librarte de un público e irreparable deshonor?... Sacrificio por sacrificio, mayor es el mío que el tuyo.

-¡Mayor!...

-Sí, mayor. Imaginas que, a ser ello posible, no te dijera yo ahora mismo: «¡Adelante! Todo primero que pechar ante el prestamista. Rompe los lazos de respeto y consideración que te unen a Alfonso, y huyamos juntos, arrastrando todas las consecuencias: tú, la deshonra; yo, el encuentro de cara a cara con el duque».

-¡Si lo hiciéramos!...

-No es posible. A poco esfuerzo reflexivo verás que no es posible. ¿Dónde vamos a ir por el mundo, yo arruinado, tú perdidos el rango y el caudal? La miseria por exclusivo porvenir. La miseria es para nosotros el ridículo y la ignominia; más ignominia y más ridículo del que pueda significar tu entrevista con el repugnante usurero. Casos de esta naturaleza son, como te dije antes, casos de vida o muerte. No vale indignarse. Es preciso escoger.

Leonor, trémula, clavándose en las palmas de las manos las uñas, mordiéndose los labios hasta hacer de ellos brotar sangre, se dejó caer contra el diván y prorrumpió en sollozos.

El conde, en pie, fruncidas las cejas, esperaba.

Mucho tardó la Pérez de Carmona en recobrar la serenidad.

Al fin, enjugándose con rabia los ojos, murmuró secamente:

-Está bien.

Fué hacia el escritorio, escribió algunas líneas sobre un plieguecillo de papel, cerró el sobre y, dejándole encima de la mesa, habló así:

-Ahí tienes la carta. Si quieres, la puedes enviar. Ten por seguro que yo no faltará a la cita.

CAPÍTULO XI

Los nubarrones que durante la mañana entoldaban el cielo, descompusiéronse al llegar la tarde en menudos copos de nieve.

Fueron éstos cubriendo árboles y edificios, paseos y calles. En los últimos era la nieve como una alfombra de tisú; en los primeros, como un sudario o como un mosaico de nácares.

En la carretera que cruza La Bombilla reinaba completa soledad. El frío alejaba a los transeúntes. Los excursionistas, temiendo que la nieve dificultara su retorno a la villa, hablan renunciado a sus esparcimientos. Bajo los árboles brincaban las urracas, sacudiendo su plumaje monjil, enviando camino de la sierra su áspero y desabrido canto.

La sierra era, al fondo del horizonte, un alto relieve de plata. Blanca y brillante, desde la base hasta la cima, aumentaba la nitidez de sus alburas en las cresterías de El Puerto.

Parecía éste, a aquellas horas, el inmaculado reino de la nieve, el tabernáculo escogido en la tierra por el color blanco para encerrarse, para aislarse, custodiado por un ejército de copos vírgenes o para ofrecerse al homenaje de los hombres en toda su pureza, sin que aliento o contacto alguno lo manchara. En ese tabernáculo no entra más perfume que el aire inviolado de la montaña, ni oficia otro sacerdote que el sol.

Los mismos rayos de éste pierden, al romperse en la crestería, sus áureas tonalidades y se truecan en lluvia de alabastro. El blanco impera allí como soberano absoluto. No admite, no consiente rivales. Él se basta para llenarlo, hermosearlo y dominarlo todo.

En los picos se endurece y congela la nieve, despidiendo reflejos metálicos; envuelve los peñotes con artísticas blondas, descuelga por los salientes y rebordes en caireles de hielo; transforma los pedruscos en perlas enormes, que a veces se juntan formando espléndidos collares. Aquí construye palacios de marfil; allá, graderías de mármol; en este sitio, humanas figuras que se engalanan con ropones de armiño; en aquél, monstruos con escamas de acero que se amenazan y se retan. Cuando el aire la empuja hacia arriba es diamante en polvo; cuando cae de las nubes, lluvia de hojas de azahar.

La misma sombra, que sobre todo cuanto brilla se extiende para ennegrecerlo, respeta allí el señorío de la nieve y se torna azul, de un azul pálido, muy pálido, que se desvanece y atenúa hasta confundirse con las incoloras gasas del aire...

Por la carretera avanza un automóvil que de ella se desvía al llegar a un camino accesorio. Entra por él y hace alto junto a un entre merendero y casa de labranza que a la mano izquierda se yergue, frente a un boscaje de perennes verduras.

El automóvil, que es de alquiler, lleva las cortinas corridas. De él se apea una dama, envuelta en amplio abrigo y cubierto el rostro por un velo tupido que desdibuja sus facciones.

Con paso rápido, precedida por un viejo de cara astuta que salió a recibirla, atraviesa un pasillo y entra en una habitación que su guía, inclinándose, le señala.

Cierra el viejo, desde fuera, la puerta y la duquesa de Neblijar se halla frente a don Agapito.

-¡Vaya!, ¡vaya! -zalameaba éste, golpeando con su manaza llena de sortijones la enguantada mano de Leonor-. ¡No vale apurarse! ¡Sosiéguese! No soy ningún ogro. Ya se lo dije una tarde en la Castellana, exponiéndome a sufrir un descaro: «Si alguna vez puedo ser a usted útil, recurra usted a mí. No perderá su tiempo». La ocasión ha venido y me complazco en repetirle lo que entonces le dije.

-Usted no sabrá...

-Lo supongo. Ese baile de la embajada rusa ha dado al traste con el secretillo de usted. El señor duque quiere que su esposa luzca en la recepción las incomparables esmeraldas; usted se encuentra en el atranco de que no las tiene, de que no las puede recobrar porque no posee, así, de pronto, las doscientas cincuenta mil pesetas necesarias para arrancar la joya de entre las garras de este pícaro! ¿No es cierto, señora duquesa?

-Yo...

-¡Ánimo!... No es tan insoluble el conflicto. Ya hallaremos forma de conjurarlo. Todo estriba en que usted no sea más tirana conmigo que lo que yo lo soy con algunos deudores.

-Yo me comprometo... Mis fincas...

-No hablemos de niñerías, ni de inmuebles. Por ahí no llegaríamos a ninguna parte.

-En tal caso...

-¡Aguárdese, Leonorcita!... No sea tan súpita. Todo puede echarse a perder y fuera gran lástima. Aquí, donde usted puede verme, con esta facha de rinoceronte y con esta fama de usurero sin entrañas, tengo, como cualquier otro, mi miajita de corazón y de delicadeza. No creo preciso decirle que usted me gusta una atrocidad...

-¡Don Agapito!...

-¡Pero una atrocidad!... ¡Como que estoy dispuesto a cometer otra atrocidad por serle a usted grato! Al fin y a la postre, puedo permitirme despilfarros de gran señor!

-Pero...

-Bien mirado, mi caudal supera al de casi todos esos grandes señores. Si escatimo un ochavo en las ocasiones de empeño, cuando se me mete una cosa entre ceja y ceja dejo tamaño al difunto duque de Osuna. Entre ceja y ceja, y en las entretelas del corazón, la tengo a usted metida. De forma...

-¿Qué va usted a decir?

-Que si mañana en todo el día, a la hora que usted guste, quiere venir un par de horitas a cierta finca que tengo próxima a la Corte, y cuyas señas van en esa tarjeta, en la finca estará yo con las alhajas. Usted se las lleva regaladas, ¿eh?, regaladas. Si quiere volver otro día -siempre hay apuros-, no tiene usted más que avisarme. Si no... Sólo unas horas pido. ¡A ver si sería más pródigo Osuna! Yo espero. Usted hace lo que tenga por conveniente. Ahora, cada cual por su lado. Aunque el sitio es fuera de paso, no conviene alargar la escena. Salga usted primero. Ya sabe.

Un carruaje que estaba oculto más allá de la finca, en el boscaje de perpetua verdura, partió, algún tiempo después de haberlo hecho la duquesa y D. Agapito, camino de Madrid.

CAPÍTULO XII

-No creí que estuvieran las piedras tan limpias -decía en la noche del miércoles a Leonor Alfonso, contemplando el aderezo de esmeraldas, que relumbraba como una constelación sobre el primoroso estuche de gamuza-. Realmente, fué espléndido el regalo hecho a la diosa Kalí por el tunecino pirata; digno de una diosa, de la representada en la estatua de ébano que echó mi ascendiente a los fondos del mar con el cuerpo y con la galera de Ben-Alí.

-Dicen -siguió el duque- que aquella imagen era horrible. Así lo pretende la tradición. Yo, sin embargo, de más joven la suponía bella: muy morena, con el pelo a ondas y los ojos de negruras aprisionadas. ¡Ilusiones de mozo! A veces, en mis soledades de colegial, recordando la leyenda de los Neblijar, evocaba a Kalí y siempre la veía hermosa. ¡Qué tontunas, eh!

-Verdaderamente...

-¡Cualquiera sabe la verdad al cabo de tres siglos! Lo indudable es el mérito de las alhajas. Ahí las tenemos proclamándolo.

-Cierto.

-Mañana proclamarán tu triunfo en el hotel de los enviados del Czar. Contigo lo compartiré. Antes de las seis de la tarde estaré aquí de vuelta.

-¿No desistes de la cacería?

-De ninguna manera. A las dos de la madrugada saldremos del club, para llegar al curadero al romper el día. ¿Quién desperdicia la ocasión de cobrar semejante pieza? ¡Un jabalí viejo! Un veterano que tiene a su cargo muchas y muy ruines hazañas. ¡No le arriendo la ganancia si llego a toparme con él! Puede que la suerte me ayude.

-¡Ay! -añadió, contemplando el retrato de su abuelo, el héroe de los tiempos de Carlos V-. Vosotros tuvisteis más fortuna; podíais probaros con los enemigos de vuestra fe, de vuestra patria... Pelear

con ellos cuerpo a cuerpo. ¡Conquistar fama, prez!... ¡Nosotros!...
¡Qué remedio! Cada cual coge lo que le depara el destino. A falta de
un pirata, no es mala presa un jabalí. He mandado que me lleven al
club el traje y todos los avíos. No te molestes aguardándome.

CAPÍTULO XIII

Como Alfonso lo aseguraba, produjo Leonor admiración en todos los concurrentes al baile de la embajada rusa. Su belleza y sus esmeraldas fueron ensalzadas a la par. Tanto elogiaron a las últimas que, en otras circunstancias, la duquesa hubiera concluido por tenerles envidia.

Aquella noche, no. Estaba inquieta, recelosa, temiendo algo que no acertaba a definir. Sus inquietudes y sus dudas aumentaron con la ausencia de Nuévalos, el cual no llevaba trazas de acudir a la fiesta.

Siempre Neblijar fué modelo con su esposa de atención y cortesanía; pero aquella noche las extremaba. Mostrábase más enamorado, más asiduo que nunca; en su cara relucían los negros ojos, con relampagueos de incendio, cuando posaban en la dama.

Al salir del baile, dijo a la duquesa:

-Son las cuatro de la madrugada, y apenas si en el buffet he tomado cosa apreciable. Tengo más hambre que un mendigo. ¿Quieres que hagamos una locura de estudiantes?

-¿Cuál?

-Cenar en un restaurant cualesquiera. Después de todo, será una novedad para ti y un divertimiento.

-A tu gusto.

-Andando. ¡A Fornos! -gritó al chauffer el duque.

CAPÍTULO XIV

Al llegar los postres, luego que el camarero descorchó unas botellas de Champagne, cerró el duque la puerta del gabinetito, llenó hasta los bordes las copas, y, apurando la suya, dijo, en tanto acariciaba, con la mano libre de la copa, la espléndida diadema del tunecino Ben-Alí:

-Verdaderamente, no tienen estas piedras rival. ¡Y qué extraña su tradición!... El pirata murmuró, al caer herido por la espada de mi ascendiente: «En ti o en los tuyos Kalí se vengará».

-Tres siglos pasaron -continuó- sin que se cumpliese la amenaza. Mas todo llega, si tiene que llegar. La promesa se cumple. Kalí se toma su desquite. Más que vengarse hace: resucita.

-¡Qué dices!

-Que Kalí resucita; que encarna. ¡En ti reencarnó, mujer!...

-¡Alfonso!

-Nunca halló, como en ti, la maldad más perfecto y hermoso molde. ¿Qué creías? ¿Que no iba tu infamia a descubrirse? Nada hay ya oculto de ella: tu traición con Nuévalos; tu capricho de mujerzuela por ese rufián, a quien sostenías con mi oro; el empeño de las esmeraldas; su recobramiento por méritos de tu entrega vil...

-¡Oh!...

-La información es plena. No le falta detalle. Vamos, mujer, no tiembles. No temas que me cobre con tu muerte de mi deshonra. Has ido tan bajo, que la muerte sería tu dignificación.

-¡Piedad! ¡Piedad, Alfonso! -balbuceaba Leonor- arrastrándose a los pies del duque.

-Piedad, no; justicia. Escucha y obedece.

Hubo un silencio de agonía; después, Alfonso prosiguió:

-Al salir de este cuarto, donde acuden las hembras perdidas -por eso te traje a él-, nos separaremos para siempre. Aguarda, y domínate un poco. No hace falta que el mozo se entere de la escena. La reserva es por mí; por ti no tendría ninguna.

Alfonso llamó al timbre, y dió órdenes al camarero. A seguida tornó a cerrar la puerta.

-¡Para siempre, comprendes!... ¡Ah! En el bolsillo de tu abrigo está mi cartera. Las esmeraldas, llévatelas también. Luego de manchadas, de profanadas por las manos de Nuévalos y de don Agapito, por el contacto de tu carne, no pueden volver al cofre hereditario de los señores de Neblijar. Los exorcismos, las purificaciones a que fueron sometidas hace tres siglos, perdieron su eficacia. Kalí triunfó. ¡Que recobre lo suyo! ¡Anda!

Y el duque, abriendo de par en par la puerta, cedió paso a la desdichada mujer, que tuvo que apoyarse en el muro para no caer al suelo.

CAPÍTULO XV

Frente al portal aguardaban dos automóviles. Uno era de alquiler. El otro pertenecía al duque.

-Tú a éste -dijo a Leonor el de Neblijar señalando el automóvil de alquiler-. Te advierto -añadió deteniéndola- que no trates de buscar a tu amante. Esta mañana, en una finca de amigos discretos y seguros, le he partido el corazón de una estocada. ¿Vacilas? Es muy natural. Puede que le quisieras. Vamos, apóyate en mi brazo por la vez última. Cortesía obliga.

Abrió con mano firme la portezuela del vehículo, y empujando dentro a Leonor, gritó al chauffer:

-Lleva a esta mujer donde quiera.

Luego, dirigiéndose a su automóvil, dijo con voz segura:

-¡A casa!